Gerlinde Allmayer

Kara Meli

Gerlinde Allmayer, geb.1958, lebt in Niedernsill und ist Autorin von Gedichten und Kurzgeschichten. Sie leitet auch Schreibwerkstätten für Kinder und Erwachsene.

Maria Schneider, geb.1963, lebt in Bramberg und ist von Beruf Kindergärtnerin. Sie zeichnet und malt leidenschaftlich gerne für Kinder und mit ihnen.

Max Faistauer, geb. 1934, Autor von Gedichten und Kurzgeschichten in Schriftsprache und im Dialekt. Manchmal fällt ihm auch ein Lied ein.

Gerd Allmayer, geb.1956, gelernter Lithograph, setzt berufliche Kompetenz und künstlerisches Feingefühl in Layout- und Bildgestaltung um.

© manggei verlag
1. Auflage, November 2012
Illustrationen: Maria Schneider
Fotos: Gerd Allmayer
Satz und Layout: Gerd Allmayer
Druck: Samson Druck, Lungau
ISBN 978-3-9501623-4-9

Gerlinde Allmayer

Kara Meli

Mit Bildern von Maria Schneider
und Gerd Allmayer
Karawanen-Lied von Max Faistauer

Für unsere Enkelkinder und alle Enkelkinder der Welt auf ihrer Suche nach der Freiheit.

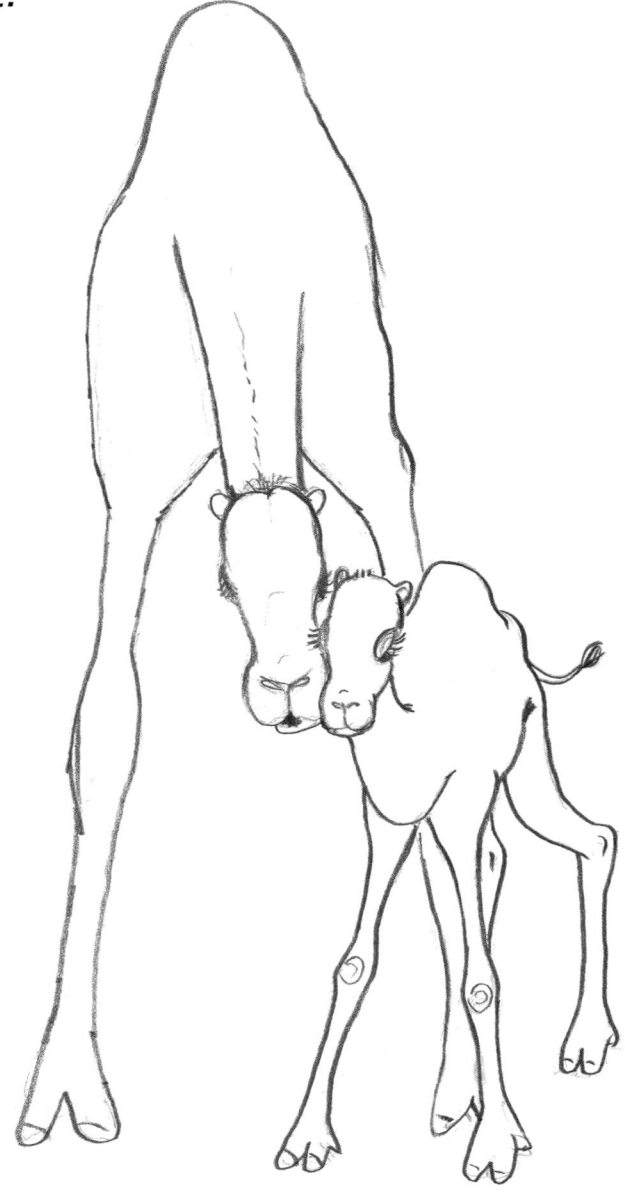

Kara Meli

In einem fernen, fernen Land zieht eine Karawane durch die Wüste. Lauter nette Kamele mit Oasensehnsucht. Kara Meli, das jüngste unter ihnen, trottet neben seiner Mutter her und fragt: „Was ist das, was wir da tun? Wie heißt das?"
„Kameltrott", sagt die Mutter.
„Kameltrott? Was heißt Trott?"
„Komm jetzt, wir dürfen nicht langsamer werden", drängt die Mutter.
Kara Meli geht weiter und denkt sich Wörter aus. Immer, wenn ihr fad ist, denkt sie sich Wörter aus.
„Trott", singsangt sie, „trott, trott, trottln. Es trotten die Trottel, verrotten die Zottel, hotten die Toten, foppen die Poppel, toppen die Stoppel, koppen die Motten, klop-

pen die Schotten, schoppen die Rotten, stoppen die Flotten, floppen die Zotten."
„Spinnst du?", fragt die Mutter.
„Was sagt sie?", fragt der Onkel. „Die soll still sein!", schimpft die Tante. Und dann stehen alle um das kleine Kamel herum und erziehen es.
Kara Meli darf zum ersten Mal in ihrem Leben mit der Karawane gehen. Sie ist aber noch zu jung, um Lasten zu tragen. Kara Melis Gang unterscheidet sich von dem der Erwachsenen. Sie trottet nicht. Es sieht so aus, als würde sie über die

Wüstenpfade schweben. Auf ihrer Kamelschnauze liegt ein übermütiges Lächeln.

„Mama, wie weit ist es noch bis zur Oase?", fragt sie plötzlich.

„Drei bis vier Tage", antwortet Mutter Kamel. „Gut, dann denke ich mir noch was aus. Eins bis zwei, schon vorbei, drei bis drei, einerlei, dreieinviertel, drei bis vier, schon ist die Wüste nicht mehr hier. O-ho-ha-ho-ha-ha-seee, Oaaas…"

„Pssst. Hör auf!", droht die Mutter und rollt ihre Augen.

„Aber warum denn? Die Zeit vergeht doch viel schöner, wenn ich singe. Die Hitze ist nicht so heiß, die Kälte nicht so kalt, und der Weg zur Oase ist nicht so lang."

„Ach was, das bildest du dir ein. Wüste ist Wüste. Sie dauert genau so lang wie sie ist. Singen hält uns nur auf. Wir müssen so schnell wie möglich zur Oase.

Dort sind wir frei."
„Mama, früher hast du doch auch gesungen. Es ist noch gar nicht lange her, da hast du mir Lieder vorgesungen."
„Was früher war, ist heute anders. Sei jetzt still."
Kara Meli beobachtet die erwachsenen Tiere, wie sie hintereinander im Gleichschritt dahintrotten. „Stolz sehen sie aus", denkt sie, „Tag für Tag schleppen sie schwere, schwankende Lasten auf ihren Rücken und geben niemals auf. Ich möchte auch eines Tages so stark sein."
Die Karawane besteht aus acht Kamelen. Auf dem ersten sitzt Kali Ben Halimasch. Ihm gehören die Kamele. Viele Jahre schon führt er seine Herde sicher durch die Wüste. Er ist ein guter Kamelführer und liebt seine Tiere.
Den richtigen Umgang mit ihnen hatte Kali Ben Halimasch von seinem Vater gelernt. „Ein Kamel, das für dich arbeiten

soll, muss auch die Freiheit kennen", hatte sein Vater oft gesagt.

Kali Ben Halimasch hatte seinen Kopf geschüttelt und zweifelnd gefragt: „Aber Vater, wie soll denn das gehen? Ich muss sie bewachen und manchmal mit einem Strick festbinden. Sie dürfen nicht fortlaufen. Sie können nicht frei sein!"

„Mein Sohn! Hör zu! In der Oase schenkst du ihnen ein paar Tage Freiheit. Dort brauchen sie keinen Strick. Das hat dein Großvater schon so gemacht und alle unsere Vorfahren."

Kali Ben Halimasch hatte genickt und hielt sich bis zum heutigen Tag daran.

Die Karawane ist unterwegs zur Stadt Amakarampolis. Sie liegt im Norden, direkt am Meer. Im Süden des Landes gibt es ein Gebirge. Dort liegt die Stadt Umakarampolis. Der Weg von einer Stadt zur anderen führt durch eine große Wüste. Eine Kamelkarawane braucht vierzehn Tage für den Weg. Genau auf der Hälfte des Weges gibt es eine wunderbare Oase.
Dort ist genug Wasser für den großen Kameldurst und genug Grünzeug für den großen Kamelhunger. Gegen die große Mittagshitze gibt es Schatten unter den Palmen und gegen die eiskalten Nächte helfen sonnengewärmte Steinmauern. Hier bleibt die Karawane jedes Mal drei Tage lang. Hier erholen sich die Kamele vollkommen von den Strapazen ihres Marsches.

„Dri, dra, drei, der Trott ist bald vorbei!",

singt Kara Meli ganz leise. Sie freut sich auf die Oase. Dort kann sie singen, so oft und so laut sie will.
In diesem Moment hört und sieht sie etwas Eigenartiges. Eine riesige Wolke aus Sand kommt auf die Karawane zu. Sie rast mit Höllentempo und einem lauten Brummgeräusch an den Kamelen vorbei. Kara Meli sieht in der aufgewirbelten Sandwolke eine graue Kiste mit Fenstern an den Seiten und mit Rädern unten dran.

Hinter den Fenstern sitzen komische Gestalten. Sie haben Gesichter mit Rüsselnasen und kleinen Augen. Bevor Kara Meli dazu kommt, genauer hinzuschauen, ist der Spuk schon vorbei. Die Wolke aus Sand verschwindet in der Ferne. „Was war das?", schreit Kara Meli. „Nichts Besonderes", sagt die Mutter. Und der Onkel erinnert sich: „Solche Dinger kommen manchmal vorbei."
„Sie stinken und sind laut", schimpft die Tante.
Kara Meli hüpft vor Aufregung von einem Kamel zum andern und ruft: „Eine Kiste

voller Rüsseltiere! Eine ganze Kiste voll!"
„Es wird höchste Zeit, dass wir die Oase erreichen. Unsere Kleine spinnt schon vor Durst", sagen die Erwachsenen und schauen dabei mitleidig in Kara Melis Richtung.
Das kleine Kamel trottet nun bis zum Abend brav neben seiner Mutter her. Ihm fallen keine Wörter mehr ein und es singt auch keine Lieder.
Als die Sonne schon tief steht, hält Kali Ben Halimasch die Karawane an und bereitet das Nachtlager vor.
Kara Meli liegt zwischen ihrer Mutter und ihrer Tante im Sand. Sie wärmen sich gegenseitig. Die Nächte in der Wüste sind bitter kalt.
Plötzlich fragt Kara Meli: „Mama, warum müssen wir jeden Tag durch die Wüste trotten?"
„Oh, du liebes Kind", seufzt die Mutter, „was dir nur immer einfällt. Wir sind eben

Kamele. Lasten schleppen gehört zu unserem Leben."
Kara Meli lässt nicht locker. „Warum können nicht die Gazellen unsere Lasten tragen? Dann wären wir frei."
Jetzt mischt sich die Tante ins Gespräch: „Sieh sie dir nur an, die dünnbeinigen Gazellen! Die würden ja am ersten Karawanentag schon zusammenbrechen. Wir sind stark. Deshalb müssen wir tragen. Die Dünnbeiner sind für etwas anderes gut. Schlaf jetzt, die Nacht ist bald um."
Kara Meli weiß, wie kurz eine Wüstennacht ist. Noch lange bevor die Sonne aufgeht, werden die Kamele wieder mit ihren Tragegestellen und Lasttaschen beladen. Die Karawane muss zusehen, dass sie die größten Wegstrecken in der kühlen Morgenluft zurücklegt.

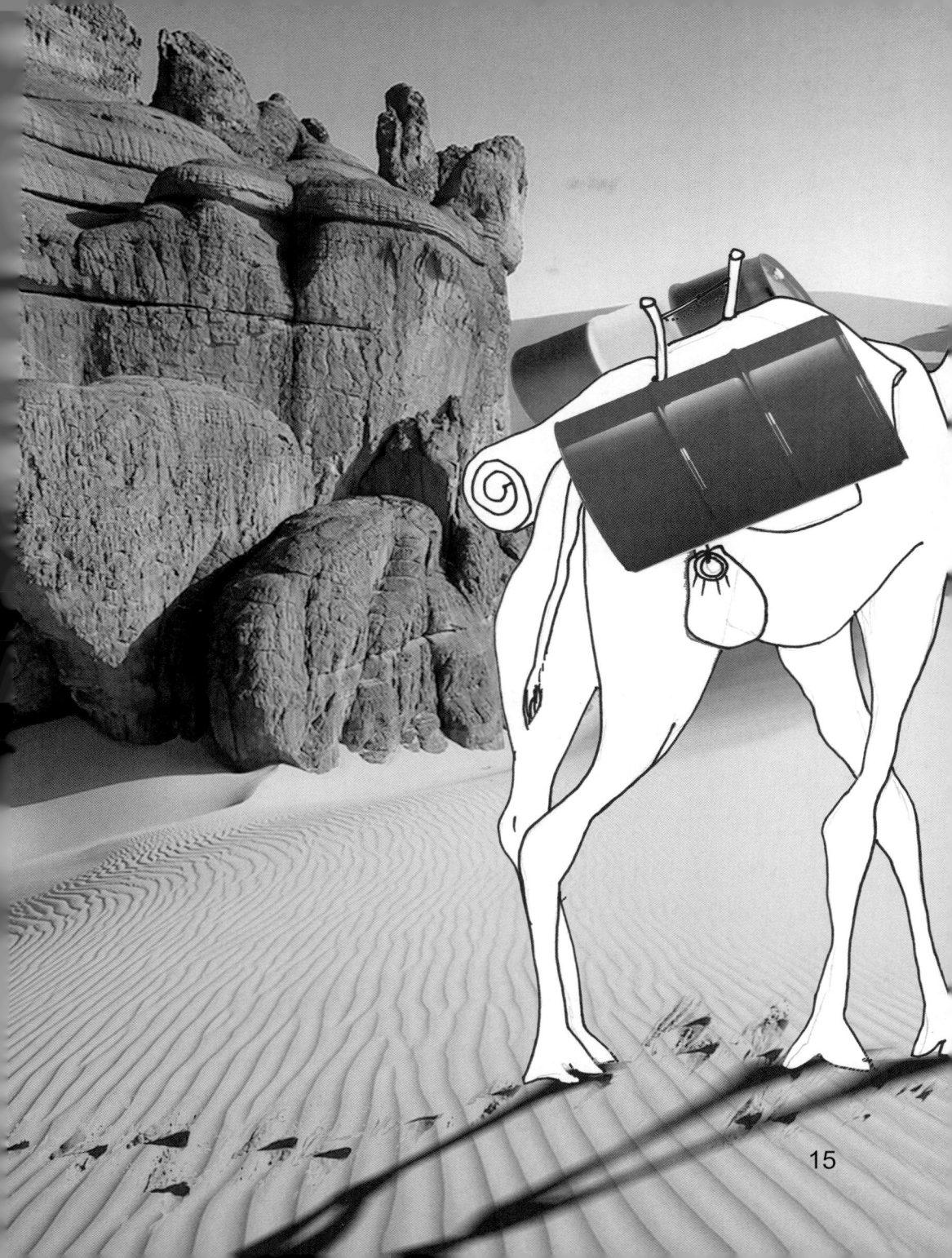

Am nächsten Tag fühlt sich Kara Meli müde und schlapp. „Ach könnte ich mich doch wie Kali Ben Halimasch von einem Kamel tragen lassen!", wünscht sie sich. Sie behält den Wunsch aber für sich, denn sie weiß, dass sie durchhalten muss, wenn sie ein starkes Lastentier werden will. Aber will sie das wirklich? Sie denkt wieder an die Dünnbeiner. Was hatte die Tante gestern gesagt?
„Dünnbeiner sind für etwas anderes gut!" Vielleicht war *sie* auch für etwas anderes bestimmt.
„Mama, was schleppt ihr da für Zeug durch die Wüste?"
„Früher haben wir Stoffe aus Wolle und Seide geschleppt. Und Steine. Aus denen wurde Schmuck gemacht."
„Steine? Was für Steine?"
„Steine aus den Bergen. Lavasteine, Jaspis und Achat. Aus den Steinen wurde in Amakarampolis edler Schmuck herge-

stellt. Die Einwohner der Stadt waren Künstler. Sehr fleißige Leute. Sie schliffen Ornamente in die Steine. Armreifen, Haarspangen, Ohrringe entstanden. Der Schmuck wurde auf Schiffe verladen und in der ganzen Welt verkauft. Alle Menschenfrauen wollten nur diesen Schmuck haben."

Kara Meli hält kurz den Atem an. „Oh! Jetzt ist mir alles klar. Dünnbeiner können keine Steine tragen. Steine sind schwer. Doch wir Kamele sind stark."

Kara Melis Müdigkeit ist weggeblasen. Sie fragt: „Mama? Und jetzt?"

„Was jetzt?"

„Was tragt ihr jetzt durch die Wüste? Du hast mir von früher erzählt und nicht gesagt, was ihr jetzt schleppt. Das sind doch keine Steine."

„Dies und das. So Zeug halt." Die Mutter sieht aus, als hätte sie keine Ahnung.

„Was? Du weißt nicht, was das für ein

Zeug ist?" Kara Meli kann es kaum glauben.

Da mischt sich der Onkel ein: „Wir tragen alles, was für die Menschen wichtig ist."

Kara Meli sieht sich die Ladungen der Kamele an. Sie fragt den Onkel: „Das soll alles wichtig sein?"

Der Onkel erklärt: „Für Menschen sind Dinge wichtig, die wir nicht verstehen. Früher trugen wir Schmuckgestein, heute tragen wir schweres Zeug in grünen Planen und Tonnen, das von irgendwo aus dem Ausland kommt. Niemand weiß genau, was da drin ist. Unser Kali hat am Anfang darüber geschimpft. ‚Das kann nicht gut sein für unser Land', habe ich ihn einmal sagen hören. Und das, was wir nach Umakarampolis tragen, ist noch verrückter. Das brauchen die Menschen überhaupt nicht! Es ist nur wichtig für sie, dass sie es loswerden. Sie nennen es Elektroschrott."

Kara Meli wundert sich: „Aber warum ist Kali Ben Halimasch jetzt damit einverstanden?"

„Vielleicht verdient er mit diesen Ladungen mehr Geld als mit Steinen", vermutet der Onkel. Kara Meli fragt nichts mehr. Ihr gefällt das neue Wort.

Sie singt: „Elek, elek, o leck, geh leck, Elek, kleck, klecks, Elektro-Droh, Elektro-Schrott, Bedroh-Kompott."
„Ruhe!", rufen die Erwachsenen.

Endlich ist es soweit! Die Karawane kommt zur Oase. „Oh, hab ich Durst", stöhnt der Onkel.
„Und ich bin froh, wenn ich mich drei Tage in den Schatten legen kann. Meine Sohlen brennen, dass es ärger nicht geht, und in meinem Kopf pocht die Hitze", jammert die Tante.
„Hurra, wir sind da!", ruft Kara Meli. Sie läuft mit großen Schritten auf die Oase zu. „Ich bin ganz leicht! Seht her, ich kann fliegen!"
Lange bevor die anderen zur Wasserstelle kommen, hat Kara Meli schon ihren Durst gestillt. Sie reckt den Hals ganz lang und rupft ein paar Blätter von einem Akazienbaum.

Zur selben Zeit befreit Kali Ben Halimasch die Kamele von ihren Lasten. Sie drängen sich an die Wasserstelle, saufen und saufen, als wollten sie nie mehr aufhören.
„Uiuiui! Seht nur! Hier wächst saftiges Gras!", ruft plötzlich Kara Meli.
Sie bestaunt das Oasengras.
„Hmhmhm", brummt der Onkel. „Wieso sind die Halme auf einmal so hoch und grün. Das war noch nie der Fall."
„Macht nichts, Hauptsache etwas für den leeren Magen", sagt die Tante und rupft die saftigen Stängel mit ihren Schneidezähnen ab. „...meckt doch gut", sagt sie mit vollem Maul.
Kara Meli fängt zu singen an: „Der Onkel und die Tante, sind lustige Verwandte! Da stehen sie im grünen Gras, und fragen laut: Was ist denn das? Jahaha, was ist denn das?"
Die Erwachsenen sind so mit dem

Fressen beschäftigt, dass sie Kara Melis Lied nicht hören.

Mit satten Bäuchen suchen sie ihre beliebten Rastplätze auf. Der Onkel streckt unter einer Dattelpalme alle Viere von sich. Komisch, meine Beine ragen über den Oasenrand. Das war noch nie so. Es gab doch immer genug Platz unter der Palme, denkt er kurz vorm Einschlafen.

Kara Meli spaziert in der Oase herum. Überall liegen müde Kamele, die ihren Verdauungsschlaf beginnen. „So fad! Warum müssen jetzt alle schlafen? Jetzt wäre Zeit zum Spielen", mault Kara Meli vor sich hin. Da entdeckt sie Kali Ben Halimasch. Er geht nervös auf und ab. Seine Stirn ist mit Sorgenfalten bedeckt. Kara Meli beobachtet, wie er hinter einer alten Mauer verschwindet. Sie schleicht sich heran und lugt durch einen Spalt zwischen losen Steinen.

Vor Aufregung bleibt ihr fast der Atem weg. Hinter der Mauer steht die graue Kiste mit den Rädern und am nördlichen Oasenrand ist ein Tier mit einer Rüsselnase zu sehen.

Kara Meli mustert das Tier genau.
Es hat kein Fell, trägt Hose und Hemd wie ein Mensch und geht auf zwei Beinen. Um seinen dicken Bauch hat es ein viereckiges Gerät geschnallt. „Aha, wir tragen unsere Last auf dem Rücken und der Rüssler trägt sie am Bauch", denkt Kara Meli.
Das Rüsseltier nimmt sein Gerät in beide Hände und hält es in Richtung Oase.
War da ein Blitz? Ein leises Surren?
Kara Meli kann nicht genau sagen, was aus dem Gerät gekommen war. Alles ist sehr eigenartig und unheimlich. Plötzlich hört sie Kali Ben Halimasch laut und aufgeregt sprechen. Er unterhält sich mit einem Rüsseltier. Die beiden kommen immer näher zu der Mauer, hinter der sich Kara Meli versteckt hält. Sie hört ihre Stimmen schon ganz nah. Kara Meli presst ein Ohr an die Mauerritze.
Sie will verstehen, was die beiden reden.

„Ich will aus dem Geschäft aussteigen", sagt Kali Ben Halimasch.
„Hahaha", lacht das Rüsseltier. „Und was machst du dann mit deinen Kamelen? Gulasch vielleicht?"
Kali Ben Halimasch sagt mit fester Stimme: „Für Ahmed arbeiten. So wie früher."
Das Rüsseltier lacht wieder. Dieses Mal noch lauter. „Hahaha! Ahmed arbeitet für uns. Hast du das noch immer nicht kapiert?"
„Ich will mit ihm reden", erwidert Kali Ben Halimasch. „Er soll wieder Schmuckhändler werden. Wie früher."
„Früher ist vorbei. Aus unserem Geschäft kann man nicht aussteigen", sagt das Rüsseltier.
Kali Ben Halimasch bleibt hartnäckig: „Ich will trotzdem mit ihm reden."
„Du wirst ihn nicht finden."
„Wo ist er? Wo haltet ihr ihn fest?",

fragt Kali Ben Halimasch.
Das Rüsseltier gibt keine Antwort. Kara Meli hört Schritte und Gelächter. Sie lugt durch die Mauerritze. Kali Ben Halimasch stapft wütend an der Mauer vorbei und verschwindet in der Oase. „Irgend etwas stimmt da nicht", denkt Kara Meli. „Was soll ich jetzt tun?"
Sie beschließt mit einem Erwachsenen zu reden. Aber mit wem? Mama tut immer so, als hätte sie keine Ahnung. Der Onkel? Er zwinkert oft so lustig mit den Augen und macht Späße. Vielleicht könnte man mit ihm auch ernste Dinge besprechen. Mit der Tante will Kara Meli auf keinen Fall reden. Sie regt sich immer gleich fürchterlich auf und fängt zu schimpfen an.
Kara Meli schielt wieder durch die Mauerritze. Die graue Kiste mit den Rädern steht noch gleich da wie zuvor, aber von allen Seiten kommen Rüssel-

tiere näher. Sie öffnen die Türen und verschwinden in der Kiste. Es knattert und brummt, dann setzt sie sich in Bewegung. Rüttelnd entfernt sie sich von der Oase. Kara Meli schaut ihr nach, bis sie in der Wüste verschwunden ist.
Wer sind diese Rüsseltiere? Warum muss Kali Ben Halimasch für sie arbeiten? Wer ist Ahmed? Kara Melis Herz klopft so laut wie noch nie zuvor.

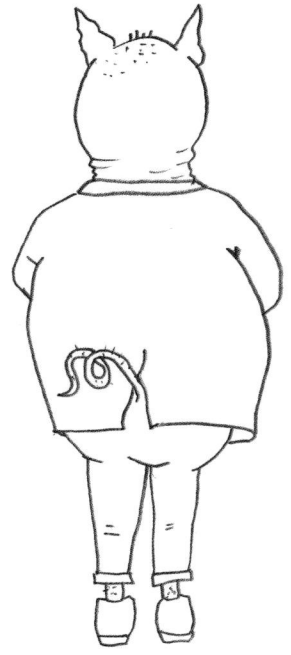

Die Sprüche der Erwachsenen fallen ihr ein: „Ein Kamel darf keine Angst zeigen." Oder „Sand und Wind sind für Kamele die schlimmsten Feinde." Oder „Was kümmert uns die Welt? Wir brauchen Oasen und kein Geld."
Kara Meli kommen die Sprüche auf einmal lächerlich vor. „Die Erwachsenen wollen nichts sehen und nichts hören, deshalb wissen sie auch nichts", murmelt sie. „Ich erzähle jetzt noch niemandem von meinem Erlebnis." Sie geht nachdenklich zu ihrem Ruheplatz. Es ist ein schöner Platz hinter der Wasserstelle. Mehrere Palmen spenden kühlen Schatten. Früher stand hier einmal eine Stadt, deshalb gibt es noch ein paar Mauerreste. Kara Meli rupft sich zur Beruhigung ein paar Grashalme ab. Die sehen frisch aus, aber sie schmecken nach gar nichts, denkt sie noch, bevor sie einschlummert.

Lautes Stimmengewirr reißt Kara Meli aus dem tiefsten Schlaf. Die Erwachsenen schimpfen wild durcheinander. „So eine Gemeinheit! Das kann doch nicht sein!", schreit die Tante.

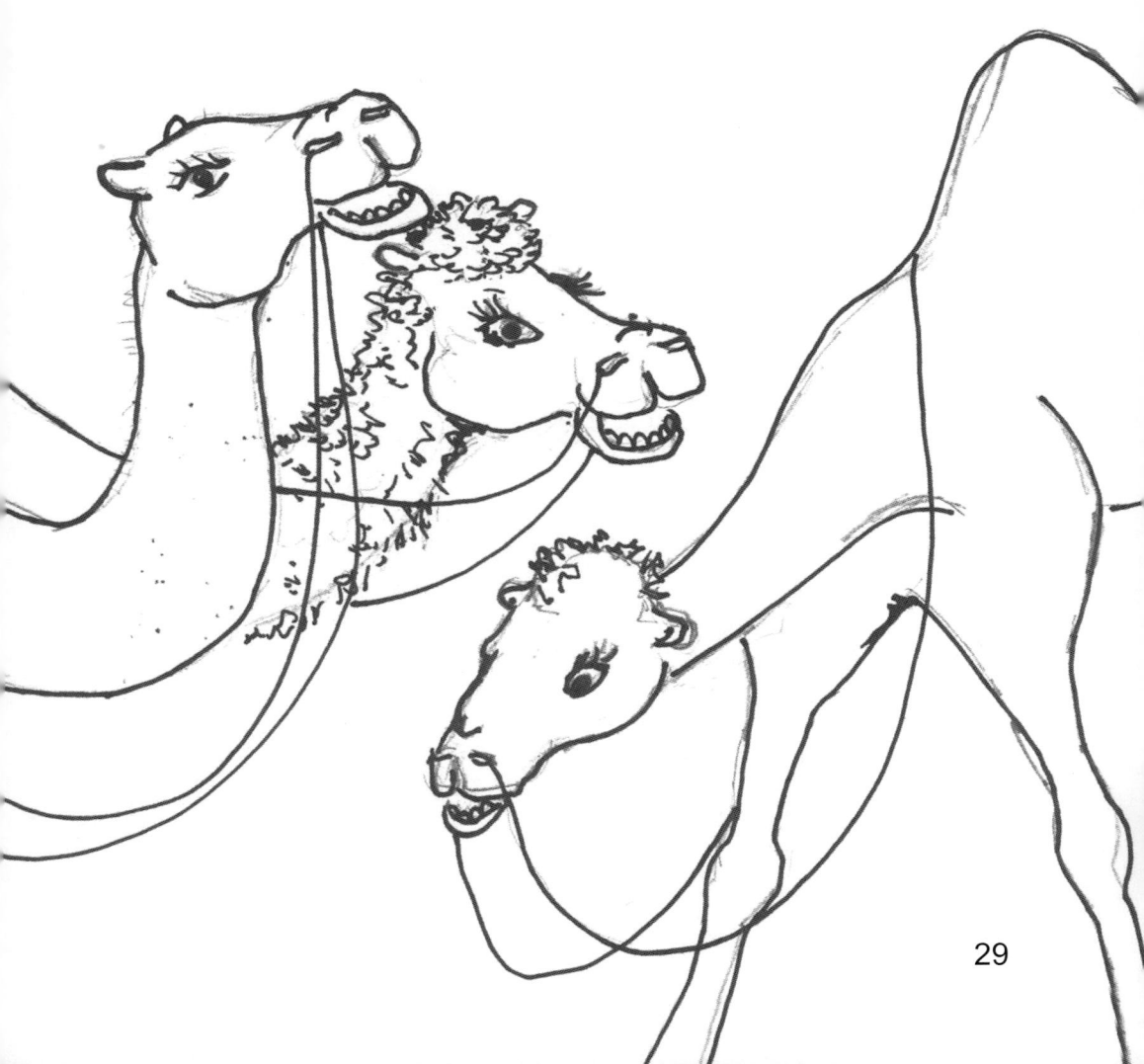

„Oasenzeit ist wichtig für uns!", donnert der Onkel.
„Denkt denn niemand an unsere Gesundheit? Wie sollen wir Lasten schleppen, wenn wir uns nicht erholen können", jammert Kara Melis Mutter.
„Zwei Tage sind zu wenig!", ruft ein anderes Kamel. „Oasenräuber, Gauner, Betrüger!"
Kara Meli sieht ihre Mutter fragend an. „Was ist los, Mama?"
„Wir müssen morgen schon weiterziehen."
„Aber warum denn? Ab morgen wird es doch erst richtig lustig. Da habt ihr Zeit und könnt endlich mit mir spielen."
Der Onkel mischt sich ein: „Nichts ist mehr, wie es war. Die Oase ist kleiner geworden. Keiner weiß warum. Es gibt nicht mehr genug Futter für drei Tage, obwohl die Grashalme größer sind, und saftiger."

„Verstehst du das, Onkel?", fragt Kara Meli. „Nein. Verstehe ich nicht. Das gab es noch nie. Kali Ben Halimasch will mit uns schon einen Tag früher weiterziehen."
„Du Onkel, vielleicht weiß *er*, warum die Oase kleiner geworden ist."
„Glaube ich nicht", brummt der Onkel. „Er sieht aus, als ob ihm ein Unglück zugestoßen wäre. Er leidet."
„Da hast du Recht. Er sieht wirklich schlecht aus."
Kara Meli sucht sich ein ruhiges Plätzchen in der Oase und denkt angestrengt nach. „Die Oase wird kleiner. Es ist nicht mehr genug Nahrung da. Wir müssen früher weiterziehen. Das Gras wächst zwar wie verrückt, aber es macht nicht satt. Ich muss herausfinden, was passiert ist. Sobald wie möglich muss ich herausfinden, was passiert ist."

Am nächsten Morgen bepackt Kali Ben Halimasch seine Kamele.
Die Sorgenfalten auf seiner Stirn sind gut zu sehen. Er sieht müde aus. Die Kamele stehen mürrisch in der Karawane und wollen nicht gehen. Kali Ben Halimasch droht ihnen mit der Peitsche.
Der Onkel faucht und bleckt die Zähne.
„Das hat es noch nie gegeben, dass er uns schlagen will", schreit er.
Die schlechte Stimmung unter den Kamelen hält Kara Meli fast nicht aus. Sie hüpft von einem zum anderen und fragt: „Sollen wir zusammen singen? Ich kenne viele Lieder."
Die Erwachsenen schütteln ihre Köpfe.
„Hör bloß auf. Auch dir wird der Übermut

noch vergehen."
Kara Meli fügt sich in den Kameltrott. Sie singt nicht mehr, sie spricht nicht mehr, sie trottet einfach so dahin wie die anderen. In ihrem Kopf geht es aber rund.
„Wenigstens kann ich denken, was ich will", flüstert sie sich selbst zu.

Mit letzter Kraft erreicht die Karawane die Stadt Amakarampolis. Die Lasten werden abgeladen, die Kamele in ein Gehege geführt, wo sie sich ausruhen können. Sie hassen dieses Gehege. Der Boden ist hart und voller Kamelmist.
„In der Oase ist es viel schöner", seufzt die Mutter. „Dort erhole ich mich immer besonders gut."
„Ich auch", bestätigt die Tante.
Die anderen nicken.
Kara Meli kuschelt sich an ihre Mutter. Sie schläft ein, ohne etwas gefressen zu haben.

Die Mutter blickt besorgt auf die Kleine.
„Sie wird doch nicht krank werden?"
„Nein, sie ist nur übermüdet", sagt die Tante.

Nach drei Tagen macht sich die Karawane wieder auf den Rückweg nach Umakarampolis.
Als sie die Oase erreicht, ist die Aufregung groß. Sie ist wieder ein Stück geschrumpft.
„Meine Palme steht schon fast in der Wüste!", ruft der Onkel.
„Und meine gibt es gar nicht mehr", sagt die Tante. „Aber dafür reicht mir das Gras schon fast bis zum Bauch."
Kara Meli schleicht gleich davon. Sie will nachsehen, ob die Rüsseltiere wieder da sind.
Hinter der Mauer steht dieses Mal keine graue Kiste. „Vielleicht hab ich ja alles nur geträumt", denkt Kara Meli laut und

rupft ein Akazienblatt ab. Sie kaut es gründlich.
Es schmeckt so gut wie früher. Sie rupft noch ein Blatt vom Baum und legt sich ins Gras. Die Augen fallen ihr zu.

Plötzlich verspürt sie einen Schlag auf ihren Rücken. Sie springt auf und schreit: „Aua!"

Ein Rüsseltier steht vor ihr. Es ist kleiner als die, die sie vor zwei Wochen gesehen hat. Es ist auch anders gekleidet. Seine Kleider hängen sackartig an ihm dran. Auf seinen Bauch hat es ein komisches Gerät geschnallt.

„Hab ich dich erschreckt?", fragt es.

Kara Meli richtet sich zu ihrer vollen Größe auf und sagt stolz: „Nein. Ein Kamel kann niemand erschrecken."

In Wirklichkeit ist sie natürlich sehr erschrocken. Sie hat auch ein wenig Angst vor dem Fremdling. „Ich bin vom Baum gefallen und auf deinem Rücken aufgeschlagen", jammert das Tier.

„Vom Baum gefallen? Wolltest du Blätter stehlen?" Kara Meli fühlt sich augenblicklich sehr stark.

„Nein. Ich stehle nicht. Ich habe mich

versteckt. Vor euch Kamelen. Ich hab euch schon von weitem gesehen und gedacht, es ist besser …"

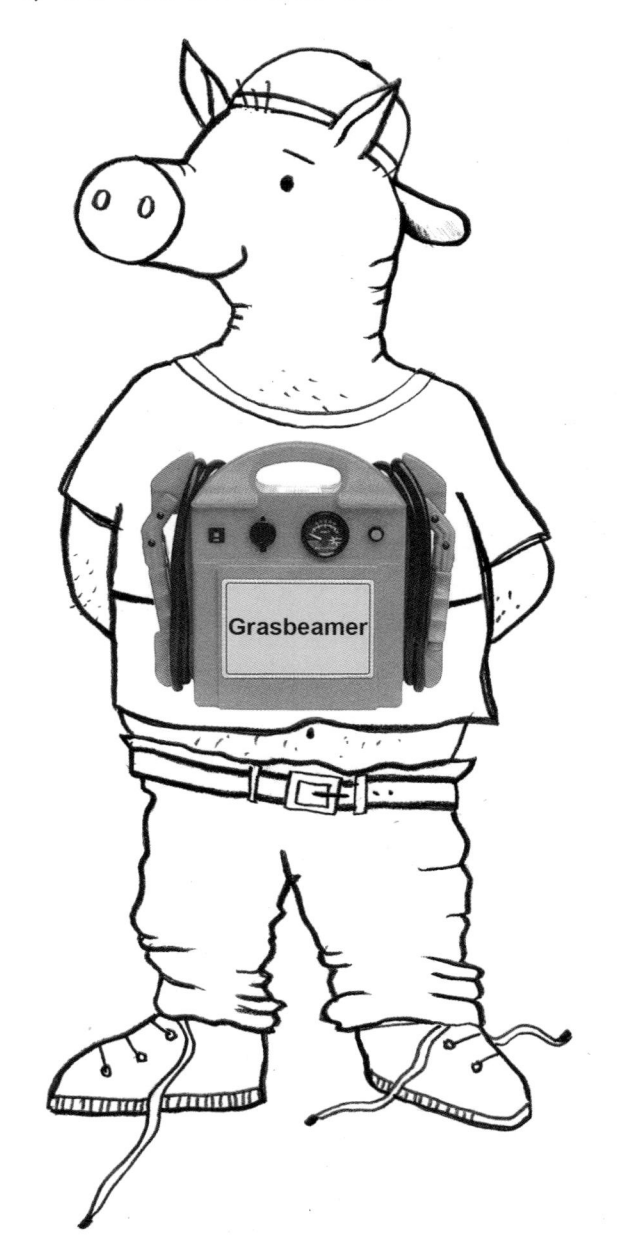

Kara Meli unterbricht das Rüsseltier: „Was hast du angestellt, dass du dich verstecken musst?"
„Nichts. Wollte nur keinen Ärger bekommen."
„Wie heißt du?"
„Heinzi. Ich bin ein Schwein."
„Heinzi? Eigenartiger Name. Wo leben Schweine, Heinzi?"
„Überall. Auf der ganzen Welt gibt es Schweine."
„So? Überall? Auch in der Wüste?"
„Naja, so direkt überall auch wieder nicht. Normalerweise hassen sie die Wüste. Sie sind sehr hitzeempfindlich und bekommen leicht Sonnenbrand."
„Und was machst du hitzempfindliches Schweine-Bürschlein hier in unserer Oase?"
Das kleine Schwein bekommt rote Backen vor Aufregung. „Ich darf es nicht sagen. Die erwachsenen Schweine

haben mir verboten mit euch zu sprechen."

„Ja, so sind sie, die Großen. Sie verbieten uns die wichtigsten Dinge im Leben", seufzt Kara Meli.

„Haben sie dir … ich meine … was haben sie dir verboten?", stottert Heinzi.

„Das Singen!"

„Kannst du singen?", fragt Heinzi ungläubig.

„Singen ist das Schönste, was es auf der Welt gibt. Pass auf, ich sing dir was vor."
Kara Meli richtet sich zu ihrer vollen Größe auf.

„Trott, Trott, Zotteltrott. Trott, Trott, Zotteltrott. Acht Kamele ziehen müd' durch Wüsten, tragen schwer beladen Säcke, Kisten. Sonne brennt auf gelben Sand, heiß ist's im Karawanenland."

Heinzis kleine Augen leuchten. Er trampelt mit seinen kurzen Beinen vor Freude hin und her.

„Schööön", sagt er. „Grunz, grunz, grunz.
Ist das schööön. Kannst du mir helfen?
Ich möchte singen lernen."
Kara Meli hat plötzlich eine Idee. „Ja",
sagt sie. „Ich lerne dir singen, aber…"
„Was aber?"
„Du musst mir alles über Schweine
erzählen. Wie sie leben, was sie mögen,
was sie hassen. Und warum du hier bist."
Heinzi bekommt einen ängstlichen Blick.
Er flüstert: „Dort kommt jemand. Ich
muss mich verstecken." Dann saust er
hinter die Mauer.
„Was suchst du denn hier?", fragt die
Tante. Kara Meli antwortet trotzig: „In der
Oase sind wir frei. Da kann ich hingehen,
wo ich will."
„Nicht mehr lange", sagt die Tante.
„Was heißt das?"
„Wenn es so weiter geht, gibt es bald
keine Oase mehr. Und ohne Oase, keine
Karawane."

Kara Meli geht neben der Tante her. Sie denkt an Heinzi. Bald würde sie mehr von ihm erfahren. Bald würde sie vielleicht hinter das Geheimnis der Oasenschrumpfung kommen. Sie will die Oase retten!
Da erschrickt sie plötzlich. Tief in ihrer kleinen Kamelseele steckt eine große Angst. Was ist, wenn es ihr nicht gelingen wird? Was wird aus der Karawane? Sie weiß, dass es am Rande der Stadt Umakarampolis Kamele gibt, die Menschen auf ihren Rücken in die Berge tragen. Jeden Tag die gleiche Strecke. Keine Freiheit, keine Oase, kein Gesang. „Man gewöhnt sich an alles", sagt die Tante, als hätte sie Kara Melis Gedanken gelesen.

Die Sonne senkt sich zum Horizont herab. Sie wird feurigrot und verschwindet. Sofort ist es dunkel.

In der Oase kehrt Ruhe ein. Kali Ben Halimasch sitzt vor seinem Zelt und starrt in die Finsternis.

Kara Meli liegt zwischen Mutter und Tante. Sie schläft nicht. Langsam, ganz langsam und vorsichtig richtet sie sich auf. Jetzt nur kein Geräusch machen! Sie setzt einen Kamelfuß vor den anderen und passt auf, dass sie nicht über die Beine der Tante stolpert. Zum Glück kennt sie jeden Stein und jeden Baum in der Oase. Sie schleicht bis zur Mauer. Wie soll sie es jetzt anstellen? Wie kann sie Heinzi rufen, ohne die anderen aufzuwecken?
Da stößt ihre Schnauze an etwas Weiches. „Hallo!", flüstert Heinzi. „Ich habe auf dich gewartet."
Kara Meli ist so erleichtert, dass sie am liebsten laut gesungen hätte.
Sie sagt leise: „Heinzi-Schweinzi wartet schon seit Stunden, doch Kara Meli dreht noch ihre Runden." Dann kichert sie und stupst Heinzi in die Seite.
„Wer ist Kara Meli?", fragt Heinzi.

„Ich."

Kara Meli kichert wieder. Fast verschluckt sie sich, weil sie nicht laut lachen darf.

„Ach, da fällt mir ein, dass ich dich ja noch gar nicht gefragt habe, wie du heißt", grunzt Heinzi.

„Nun weißt du es", flüstert Kara Meli.

„Schöner Name", sagt Heinzi. Dann schnuppert er in Kara Melis Richtung und fragt: „Warum stinkst du nicht?"

Kara Meli ist empört. „Ich bin ein sauberes Kamel."

„Ja, das sehe ich. Aber alle sagen, Kamele sind faul und stinken."

Kara Meli funkelt Heinzi zornig an. „So? Alle sagen das? Und du glaubst es, was? Du glaubst, was alle sagen? Dann sag ich jetzt, dass Schweine dumm sind. Zu dumm zum Selberdenken."

Heinzi murmelt: „Tschuldigung."

„Schon gut", sagt Kara Meli und stampft auf den Boden.

„Pssst", sagt Heinzi erschrocken. „Lernst du mir jetzt singen?"

„Wir haben nicht viel Zeit", sagt Kara Meli ernst. „Die Karawane bleibt nur zwei Tage hier. Und wenn du dich dauernd verstecken musst, können wir nicht üben."

„Muss man Singen üben? Weißt du, ich übe nicht gern. Die Erwachsenen haben mich zur Strafe hier in der Oase gelassen, weil ich nicht üben will."

„Was sollst du denn üben?"

Heinzi verstummt. Er dreht sich zur Seite.
„Aha", sagt Kara Meli, „ich verstehe. Du darfst es nicht verraten."
„Kara Meli?", flüstert Heinzi.
„Ja?"
„Kannst du ein Geheimnis bei dir behalten?"
„Weiß ich nicht. Habe es noch nie versucht." Kara Melis Herz klopft schneller. Heinzi atmet schwer. Dann flüstert er so leise, dass Kara Meli ein Ohr an seinen Rüssel halten muss, damit sie ihn verstehen kann.
„Die Schweine haben ein Gerät erfunden. Da kommen Strahlen heraus. Und die lassen das Gras schneller wachsen. Wenn aber das Gras so schnell wächst, wird der Boden ausgelaugt. Er schrumpft und wird weniger. Ich soll diese Oase schrumpfen, haben sie mir aufgetragen."
„Ich glaube, ich spinne", flüstert Kara Meli aufgeregt. „Dann ist jetzt klar, warum

unsere Oase immer kleiner wird. Heinzi, wir müssen sofort die anderen wecken. Wir müssen ihnen die Wahrheit sagen."
„Jetzt glaube ich, dass ich spinne!", flüstert Heinzi sehr aufgeregt zurück. „Ich vertraue dir ein Geheimnis an und du willst es in der nächsten Minute allen weitererzählen."
„Die Zukunft der Kamele hängt von den Oasen ab, Heinzi! Wir können nicht leben ohne sie. Die Schweine dürfen unsere Oase nicht zerstören."
„Und mein Leben hängt von diesem Geheimnis ab. Was glaubst du, was meine Verwandten mit mir machen, wenn ich alles verrate?"
„Sie ziehen dich an den Ohren?"
„Nein, viel schlimmer."
„Sie drohen dir mit der Peitsche?"
„Noch schlimmer. Sie setzen mich in der Wüste aus. Für immer, haben sie gesagt."

„Oje. Du wirst Sonnenbrand bekommen."
„Kara Meli, das ist kein Spaß! Ich habe Angst."
„Heinzi, morgen singen wir deine Angst weg. Einverstanden? Ich komme zur Mauer, sobald die anderen beschäftigt sind. Jetzt schleiche ich zurück. Schlaf gut, mutiges kleines Schweinchen."
Kara Meli stupst Heinzi mit ihrer Kamelschnauze ganz leicht.
„Gute Nacht, wunderbares kleines Kamelmädchen. Sind wir jetzt Freunde?"
„Vielleicht", haucht Kara Meli.

Als die Kamele im Morgengrauen erwachen, schläft Kara Meli noch tief und fest.
„Und wer singt heute beim Frühstück?", fragt die Tante.
„Komisch, wenn Kara Meli nicht singt und Wörter erfindet, geht es uns ab. Und wenn sie es tut, geht es uns auf die Nerven", sagt der Onkel.

„Ach", seufzt die Mutter, „sie ist ein kleiner Wildfang. Aber sie ist stark. Sie wird einmal viele Lasten durch die Wüste schleppen, wenn sie erwachsen ist."
„Seht euch das Gras an!", ruft der Onkel. „Es ist schon wieder gewachsen."
„Es taugt nichts!", ruft ein Kamel, das mitten in der Oase steht und frühstückt. „Ich fresse und fresse und habe nach einer Stunde schon wieder Hunger. Ich fühle mich auch ständig müde."
„Ich auch!", ruft ein anderes.
Der Onkel sieht sich um. „Das Leben als Kamel ist nicht mehr schön", brummt er.
Da kommt Kara Meli singend auf ihn zu: „Die Kamele sind lustig, die Kamele sind froh, denn sie singen ein Liedchen und pfeifen dazoooo! Guten Morgen, Onkel! Gut geschlafen?"
„Nicht so gut wie du. Aber es geht schon. Wo gehst du hin, liebes Kind?"
„Ich suche mir einen Platz, wo ich unge-

stört dichten und singen kann."
„Ja, geh nur. Wir werden dich nicht stören!", ruft der Onkel.
„Gut, da bin ich froh. Ich muss nämlich ein neues Lied üben." Und flugs saust Kara Meli davon.
Heinzi wartet dieses Mal schon vor der Mauer auf sie. „Na, endlich", sagt er erleichtert.
Kara Meli entschuldigt sich: „Ich hab ein bisschen länger geschlafen. Aber jetzt bin ich da! Wir können beginnen!"
„Warte! Zuerst erzähle ich dir etwas."
„Etwas Geheimes?"
„Ja, sehr geheim."
„Gut. Dann los! Ich höre zu."
Heinzi holt tief Luft und beginnt: „Die Krawattenschweine haben Ahmed Ben Finferli gefangen und in einen Schweinestall gesperrt."
Kara Meli unterbricht ihn und fragt: „Wer ist Ahmed Ben Dingsbums? Und wer sind

die Krawattenschweine?"
„Ahmed ist der Kusin von eurem Kameltreiber."
„Von Kali Ben Halimasch?", fragt Kara Meli verwundert.

„Ja. Und die Krawattenschweine sind meine Verwandten."

„Und warum haben sie Ahmed eingesperrt?"

„Das weiß ich nicht genau. Es muss aber mit dem Elektroschrott zusammenhängen. Ich habe einmal gehört, wie meine Verwandten gesagt haben: ‚Ahmed wird den Transport an einem geheimen Ort organisieren, von dem er nicht weg kann. Wir sperren ihn in einen Stall. Das ist sein Büro.'" Heinzi macht eine Pause und scharrt mit seinem linken Schweinshuf im Oasenboden.

Kara Meli stupst ihn an. „Und? Wie geht es weiter? Erzähl, Heinzi!"

Heinzi grunzt. Es klingt wie ein Seufzer. „Ihr müsst eure Ladung immer

schneller von einer Stadt zur anderen bringen. Das muss ruck-zuck gehen, sagen die Schweine."
„Aber Heinzi, warum nur? Warum denn die Eile?"
„Irgend etwas in der Ladung ist geheim und verboten. Darum muss es schnell gehen. Auf den Kamelen ist das Zeug sicher, sagen die Schweine."
Kara Meli kann nicht mehr ruhig zuhören. Geheim und verboten? Die Kamele verwickelt in ein schmutziges Geschäft? Sie schimpft los: „So eine Gemeinheit! Diese Schweine! Oasenräuber! Krawattengrunzer! Diese Ausbeuter!"
Heinzi versucht sie zu beruhigen: „Pssst! Nicht so laut! Wenn jemand von deinen Verwandten daherkommt, muss ich mich wieder verstecken."

„Heinzi!?" „Ja?"
„Weißt du, wo das Büro von Ahmed Ben Finferli ist?"
„Ja. Das heißt nein. Nicht genau."
„Das glaube ich dir nicht. Schwein ist Schwein, wenn auch nur klein. Wo ist Ahmed?"
„In Umakarampolis. Aber …"
„Umakarampolis ist groß. Wo genau?"
„In der alten Karawanserei, in der Nähe vom Basar."
Kara Meli ist nicht zu bremsen: „Heinzi, wir müssen Ahmed Ben Finferli befreien. Wir müssen die Karawane retten. Wir müssen gegen die Oasenschrumpfer was tun!"
Heinzi fragt ratlos: „Aber Kara Meli, was soll ich denn machen?"
„Als erstes schmeißt du dein blödes Graswachsgerät in die Wüste!", befiehlt Kara Meli.
„Und was sage ich meinen Verwandten?"

„Gar nichts. Sie werden dich nicht finden. Du gehst mit uns in die Stadt. Irgendwo bringen wir dich unter. Aber erst einmal befreien wir Ahmed Ben Finferli. Du bist doch kein Feigling, Heinzi? Du bist ein freies, stolzes Schwein, oder?"
„Oh ja, natürlich bin ich ein Schwei … äh, ich meine, ich bin ja nur ein kleines Schwein, das singen lernen möchte."
„Gut, Heinzi. Fangen wir an. Sing mir nach: „Da, da, Dattelbaum!"
„Quiek …"
„Aber Heinzi! Nicht so! Sing einfach Lalalaa!"
„Lililii!"
„Versuche einmal ‚Parampampam' zu singen."
„Burumbumbum!"
„Heinzi, sing einfach mit mir mit. So wie du kannst."
Kara Meli holt tief Luft, richtet sich auf und dreht den Kopf zu Heinzi.

„Da, da, Dattelbaum, da, da, Dattelbaum. Datteln, Feigen gibt es in Oasen. Für Kamele grünes Gras zum Grasen. Menschen reichen dir die Hand, freundlich im Oasenland."

Heinzis Augen leuchten. „Sind wir jetzt Freunde?", fragt er leise.
„Das sind wir doch schon die ganze Zeit. Hast du es noch nicht gemerkt?"
„Kara Meli, ich habe keine Angst mehr. Ich werde das Graswachsgerät im Sand verbuddeln und mit euch gehen."
„Und ich suche nach einer Möglichkeit, wie wir dich mitnehmen können, ohne dass dich jemand sieht. Wir treffen uns wieder hier, ja?"

Stunde um Stunde vergeht. Heinzi wartet sehnsüchtig auf Kara Meli. Erst am späten Nachmittag kommt sie zurück. Sie ist außer Atem und schielt auf Heinzis Bauch.
„Aha, du hast das blöde Gerät schon vergraben?" „Ja, ich bin extra weit in die Wüste gelaufen."
„Heinzi, ich habe ein Versteck für dich gefunden. Du kommst in Onkels Tasche.

Hoffentlich passt du hinein."
Heinzi reißt die Augen auf. Tasche? Er soll getragen werden?
„Ich kann selber laufen!", quiekt er.
„Ja, weiß ich. Aber erstens brennt tagsüber die Sonne und zweitens darf dich niemand sehen."
Heinzi quiekt. Er hat Angst.
Kara Meli lacht. „Du wirst das erste Taschenschwein der Welt, Heinzi! Mir fällt bestimmt bald ein Lied ein. Schwein, Schwein, Schwein, steig in den Beutel rein. Trägt dich der Onkel durch den Sand, bekommst du keinen Sonnenbrand."
Heinzi stampft auf den Boden. „Gar nicht witzig. Ich kann doch nichts dafür, dass ich kein Fell habe."
Kara Meli beruhigt ihn: „Hab keine Angst, Heinzi. Wir schaffen es."

Als die Nacht kommt, und es in der Oase

immer dunkler und dunkler wird, schleichen zwei Gestalten zu den Traggestellen und Packtaschen. „Hier ist Onkels Gepäck", flüstert Kara Meli.
„Wie kannst du das in der Dunkelheit erkennen?", fragt Heinzi.
„Ich rieche es."
Heinzi steigt in die Tasche. „Hast du Platz? Sitzt du gut?", fragt Kara Meli besorgt.
„Ja, ja, alles bestens." „Dann gehe ich jetzt. Gute Nacht, Heinzi. Denk dran, ich werde morgen immer in deiner Nähe sein. Ich gehe entweder hinter dem Onkel oder neben ihm."
„Gute Nacht, Kara Meli."
Am nächsten Morgen ist Kara Meli als erste wach. Sie rupft ein paar Blätter von einem Akazienbaum, verspeist fünfzehn Kaktusfrüchte, trinkt viel Wasser und summt ein Lied. Nach und nach stehen auch die anderen auf.

Kali Ben Halimasch schnallt den Tieren die Tragegestelle auf ihre Rücken. Er wundert sich, dass heute alles so reibungslos geht. Die Kamele sind ganz friedlich. Es ist, als wären sie froh, die Lasten tragen zu dürfen.

Die Karawane verlässt die Oase. Kara Meli trottet neben ihrem Onkel her. Sie schaut sich die Muster an, die die Kamelfüße in den Sand machen. Ab und zu hält sie ihren Kopf ganz nah an die Tragtasche des Onkels und murmelt lustige Sprüche. Einmal kommt ein leises Quieken aus der Tragtasche. Kara Meli singt erschrocken: „Lalalala!" Da zwinkert der Onkel lustig mit den Augen und sagt: „Heute ist ein Glückstag. Kara Meli singt für mich."

Tagsüber, wenn die Hitze unerträglich wird, öffnet Kara Meli heimlich die Packtasche einen Spalt und schaut, wie es Heinzi geht. Nachts steigt er aus der Tasche, um sich zu bewegen.

Am dritten Tag fegt ein großer Sturm über die Dünen. Heinzi hat Angst und bleibt in der Tasche.

Der Sturm braust und wirbelt einen halben Tag lang. Als er sich endlich ausgetobt hat, sind die Kamele erschöpft. Kali Ben Halimasch lässt sie bis zum nächsten Morgen rasten. Kara Meli findet keine Gelegenheit nach Heinzi zu schauen, weil Kali Ben Halimasch dauernd in der Nähe ist.

„Hoffentlich bekommt er genug Luft", denkt sie. Plötzlich hört sie leises Schnarchen aus der Tragtasche. Sie freut sich sehr. Nach sechs Tagen Wüstenmarsch bemerkt die Tante: „Ich kann nicht mehr. Meine Beine knicken ein."

„Das kommt bestimmt von den künstlichen Grashalmen", meint der Onkel. „Ich bin auch so schlapp, dass ich mich hinlegen könnte."
Kara Meli hüpft aufgeregt neben der Karawane her. „Nicht aufgeben, nicht aufgeben!", ruft sie.
Sie denkt: Wenn sie jetzt alle umfallen, muss Heinzi aus der Tasche heraus. Dann sieht ihn Kali Ben Halimasch und jagt ihn in die Wüste.
Als wieder ein Kamel ins Schwanken gerät, weiß Kara Meli, dass sie sofort handeln muss.
Sie stimmt ihr Lied an und singt so schön sie kann. Die Erwachsenen spitzen ihre Ohren. Niemand schimpft. Alle trotten ruhig im Kameltrott dahin. Aus der Packtasche des Onkels kommen leise Grunz- und Quieklaute. Kara Meli singt das Lied immer wieder von Neuem.
Nach dem dritten Mal singt die Tante mit,

dann so nach und nach alle anderen auch.
Ein Kamel sagt bewundernd: „Kara Meli hat eine schöne Stimme." Ein anderes sagt: „Schön ist die Stimme nicht. Es ist eine ganz normale Kamelstimme. Aber Kara Meli singt das Lied ornamentreich. Das ist eine Kunst."
„Hohoho! Ornamentreicher Kamelgesang! Hast du das gehört, Mädchen?", lacht der Onkel.
Die Kamele halten tapfer bis zur Stadt Umakarampolis durch. Kurz vor der Stadt stoppt Kali Ben Halimasch die Karawane. Er sieht seine Tiere an, geht von einem zum anderen und kontrolliert die Verschnürung der Packtaschen. Zu Kara Melis Onkel sagt er laut: „Das Schwein müssen wir heimlich zu meinem Kusin bringen."
Kara Meli wird vor Schrecken starr. Die Kamele kommen neugierig näher, als sie

sehen, dass Kali Ben Halimasch die Packtasche des Onkels öffnet und ein Schwein herausschaut. Kali Ben Halimasch lächelt und sagt zu ihnen: „Ihr seid die besten Tiere, die es gibt. Es soll wieder so werden wie früher. Doch mein Kusin Ahmed ist leider eingesperrt und ich weiß nicht wo."
„Aber Heinzi weiß es!", ruft Kara Meli. „Wenn uns das kleine Schwein hilft, können wir ihn befreien."
Kali Ben Halimasch nickt zufrieden.
Kara Meli ist erleichtert. Nie hätte sie gedacht, dass Kali Ben Halimasch mit ihrem Plan einverstanden sein könnte. Sie sieht, wie Heinzi aus der Tasche steigt. Er zittert am ganzen Körper.
Kali Ben Halimasch sagt zu Heinzi: „Jetzt kommt der schwierige Teil der Reise. Kara Meli wird dich tragen. Sie ist schmal genug für die engen Gassen in der Stadt. Du darfst keinen Laut von dir geben.

Die Menschen in der Stadt ekeln sich vor Schweinen. Sie würden uns verprügeln. Zu meinem Kusin werde ich sagen, du bist sein Koch."

„Aber ich kann doch gar nicht kochen!", jammert Heinzi. „Sollst du ja auch nicht. Du musst ihm nur gutes Essen beschreiben, so ornamentreich wie Kara Meli singt. Mein Kusin liebt gutes Essen, und wenn ihm das Wasser im Mund zusammenläuft, wird er sich gerne von uns befreien lassen."

Kara Meli hat noch nie eine Last auf dem Rücken getragen. Die Tasche mit Heinzi ist schwer und drückt hundsgemein. Außerdem schwankt sie bei jedem Schritt nach rechts und links, fast fällt sie um.
„Geht es?", fragt Kali Ben Halimasch.
„Ganz leicht", keucht Kara Meli.
Die Gassen der Stadt sind sehr eng und überall drängen sich Menschen. Kali Ben Halimasch führt Kara Meli an einem langen Strick, damit sie in ihrer Bewegung nicht behindert ist.
Sie erreichen die alte Karawanserei, biegen in einen engen düsteren Gang ein, der an die Rückseite des verfallenen Gebäudes führt. Kali Ben Halimasch öffnet die Tragriemen, hebt die Tasche von Kara Melis Rücken und stellt sie auf den Boden.
„Ihr müsst Abschied nehmen", sagt Kali Ben Halimasch, „und du musst allein zurück laufen zur Karawane. Findest du

den Weg?"
„Sicher", sagt Kara Meli. Und dann flüstert sie Heinzi zu: „Mach's gut!"
„Du auch. Ich besuche dich, wenn alles vorbei ist", sagt Heinzi. Er drückt die Tasche einen Spalt auf und winkt mit seiner kurzen dicken Vorderstelze.
Durch die verwinkelten Gassen allein zurück zu finden ist viel schwieriger, als es sich Kara Meli vorgestellt hatte. Immer wieder hat sie das Gefühl, sich heillos verirrt zu haben. Manchmal hilft es, wenn sie sich umdreht, dann erkennt sie Häuser, Plätze und Gassen, an denen sie schon einmal war. Manchmal verlässt sie sich auf ihr Gefühl. Und auf ihre Nase. Denn an die fremden Gerüche in der Stadt erinnert sie sich besonders gut.
Die Karawane steht noch auf dem staubigen Platz neben der Straße, wo Kali Ben Halimasch sie verlassen hat. Die Kamele

sehen verwirrt und traurig aus. Sie sind hungrig und durstig vom langen Weg und sie sind unruhig unter den schweren Lasten, die sie immer noch auf ihren Rücken tragen.
Als Kara Meli auftaucht, kommt Bewegung in die Gruppe, für kurze Zeit scheinen sie ihre missliche Lage zu vergessen.
„Heinzi ist das netteste Schwein, das es gibt", schwärmt Kara Meli.
„Er ist das einzige Schwein, das du kennst", stellt die Mutter fest.
„Er ist ein Schwein", sagt die Tante.
„Hoffentlich kommt Kali Ben Halimasch bald und bringt uns in den Stall. Ich habe genug von der Warterei. So schlimm war es noch nie."

Nach einer Stunde, lang wie die Ewigkeit, kommt Kali Ben Halimasch endlich zurück. Er führt die Karawane zur neuen

Karawanserei am Rand der Stadt, nimmt ihnen die Lasten ab, führt sie in ein umzäuntes Gehege mit wenig grünem Gras, dornigem Gestrüpp und armseligen Bäumen. Immerhin gibt es dort einen breiten Trog. Eimer für Eimer schöpft Kali Ben Halimasch kühles Wasser aus dem Brunnen bis alle Kamele genug haben.

Zwei Tage lang wollen die Kamele nun nichts anderes als fressen und schlafen. Am dritten Tag aber wird Kara Meli unruhig. Was ist aus Heinzi geworden? Hat er Ahmed Ben Finferli befreien können? Warum ist alles so ruhig? Heinzi hat doch versprochen sofort zu kommen, wenn alles vorbei ist. Vielleicht ist ja noch nicht alles vorbei. Vielleicht steht die graue Kiste mit den Rädern schon in der Stadt. Vielleicht haben die Verwandten von Heinzi das Schweinebüro schon leer geräumt. Samt Heinzi. Kara Meli springt auf. „Mama! Wie kann ich das Tor öffnen?", ruft sie.

„Ach, der Wildfang ist aufgewacht!", sagt die Mutter. „Du bleibst hier, liebes Kind. Hab Geduld. Bald werden wir erfahren, was mit deinem Heinzi passiert ist."

„Geduld? Was soll das heißen? Was ist denn das für ein Wort?"

„Geduld heißt so viel wie warten können", erklärt die Mutter.

„Warten, warten, immer warten, auf die Oase, warten auf den Morgen, warten bis ich groß bin. Das ganze Leben besteht aus Warten."

„Endlich dichtet sie wieder", sagt die Tante. „Ist das ein neues Lied?"

Kara Meli gibt keine Antwort mehr. Sie kauert auf dem Boden und wartet. Stunden vergehen. Die Sonne geht unter, die Sonne geht auf. Nichts passiert. Kein Heinzi, kein Kali Ben Halimasch, kein Ahmed.

Einmal am Tag kommt ein fremder Mann, der Futter bringt und Wasser aus dem Brunnen schöpft.
Kara Meli frisst nicht mehr, spricht nicht mehr und singt nicht mehr.
Die Erwachsenen schauen sie besorgt an.
Plötzlich hören sie eine bekannte Stimme. Kali Ben Halimasch kommt ins Gehege. „Ja, was ist denn da los? Warum lasst ihr eure Köpfe hängen?

Ich bringe euch gute Nachrichten!"
Gute Nachrichten? Kara Meli richtet sich auf.
„Ahmed ist zur Polizei gegangen. Er hat über alle krummen Geschäfte der Schweinebande ausführlich berichtet. Er hat beweisen können, dass ihn die Schweine gefangen gehalten und gezwungen haben, für sie zu arbeiten. Die Schweine werden jetzt mit Steckbriefen gesucht, nicht nur bei uns, es handelt sich um eine internationale Bande. Ahmed wird wieder den Schmuckhandel betreiben. Die Lavasteinkünstler werden wieder Arbeit haben, weil Frauen überall auf der Welt nach diesem Schmuck verlangen. Seit es ihn nicht mehr gibt, sind die Preise gestiegen. Ahmed sagt, das lohne sich jetzt wieder. Und wir dürfen wieder so lange wir wollen in der Oase rasten. Auch in den Oasen haben die Rüssler

nichts mehr zu sagen. Das Gras wächst wieder wie früher. Vermutlich sind sie mit ihrer grauen Kiste ins Ausland geflüchtet, denn seit Tagen hat sie niemand mehr gesehen. Morgen dürft ihr hier weg. Wir müssen Waren nach Amakarampolis bringen. Ganz so wie früher."
„Wie früher", seufzt die Tante.
„Nicht ganz", sagt der Onkel. „Früher haben wir gestöhnt, dass wir in der Karawane trotten und Waren schleppen müssen. Jetzt sind wir froh, dass es die Karawane noch gibt. Und die Oase. Wir haben unsere Freiheit wieder. Auch wenn es nur eine kleine ist, es ist unsere Freiheit."

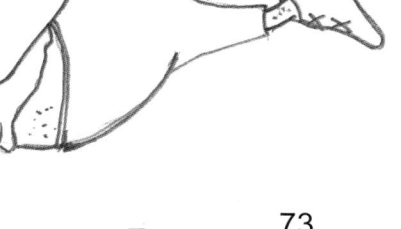

Kara Meli ist die Freiheit egal. Aus ihren Augen leuchtet die Angst. „Mit Steckbriefen gesucht", was immer das bedeuten mag, für Heinzi wird es schrecklich sein. Und sie kann ihm nicht helfen! Sie kann noch nicht einmal jemanden fragen, denn wer mit Schweinen zu tun hat, macht sich verdächtig.

„Kara Meli," ruft plötzlich Kali Ben Halimasch, „schau, wer da aus der Tasche kommt!"
Erst jetzt sieht Kara Meli die Tasche, die Kali Ben Halimasch mitgebracht hat.
Der Verschluss springt auf und Heinzi hüpft heraus. Er läuft direkt auf Kara Meli zu.
„Endlich", sagt sie.
„Ja, endlich", sagt er.
„Wo warst du so lange?", fragt sie.
„Bei Ahmed. Ich bin doch sein Koch. Es ist alles gut geworden."
„Sein Koch? In der Stadt werden die Schweine mit Steckbriefen gesucht?"
„Ich nicht. Ahmed mag die Speisen, die ich koche. Er sagt, so gut hat er sein Leben lang noch nie gegessen. Dabei habe ich gar nicht gewusst, dass ich kochen kann."
Kara Meli stupst Heinzi mit ihrer Schnauze in die Seite.

„Du bist doch ein außergewöhnliches Schweinzi-Heinzi! Ich hab es immer gewusst."
„Und du bist ein außergewöhnliches Kamel. Danke, Kara Meli."
„Danke, wofür?", fragt Kara Meli.
„Du hast mir das Singen beigebracht und das ornamentreiche Denken und den Stolz und dass ich irgendwie frei bin, obwohl ich ein Schwein bin", antwortet Heinzi.
„Danke, Heinzi", sagt Kara Meli leise.
„Wofür?", fragt Heinzi.
„Für alles. Für dich", flüstert Kara Meli.
„Ach, Kara Meli", grunzt Heinzi. „Übrigens: Ich weiß, dass du morgen mit der Karawane ziehen wirst. Kannst du mir etwas aus Amakarampolis mitbringen?"
„Ja, klar. Was denn?"
„Basilikum, Rosmarin, Thymian, eingelegte Kapern, Oliven, Tomaten, Meersalz und…"

Kara Meli unterbricht ihn. „Heinzi, das kann ich mir nie alles merken."
„Oje, was machen wir jetzt?"
„Ich weiß es! Ich denke mir ein Lied aus, in dem alle diese Dinge vorkommen."
Heinzi beginnt zu lachen. Sein dicker Bauch hüpft dabei auf und ab. „Ja! Ein Lied! Hurra, ein Lied!", ruft er immer wieder.
Kara Meli singt: *„Heinzi wünscht sich was, und ich bring ihm das. Zucker, Salz, Bananen und Melonen, Pfeffer, Kümmel, Gurken und Zitronen. Heinzi bleibst nicht lang allein, ich will bald wieder bei dir sein."*
„Zum Glück dichtet sie wieder", lacht die Mutter.
„Sie ist ein besonders kluges Mädchen", sagt die Tante. „So ein Kamel hat es noch nie gegeben", brummt der Onkel. Und dann stehen alle um Kara Meli herum und freuen sich.

Karawanenlied von Kara Meli

Idee: Gerlinde Allmayer **Text und Melodie: Max Faistauer**

1. Strophe: Kara Meli singt auf dem Karawanenweg in der Wüste.
2. Strophe: Kara Meli singt Heinzi-Schweinzi das Oasenlied vor.
3. Strophe: Kara Meli singt ihrem Freund Heinzi das Abschiedslied vor.

1. Trott, Trott, Zot - tel - trott. Trott, Trott, Zot - tel - trott.
2. Da - Da - Dat - tel - baum, Da - Da - Dat - tel - baum.
3. Hein - zi wünscht sich was, und ich bring ihm das.

Acht Ka - me - le zie - hen müd' durch Wü - sten,
Dat - teln, Fei - gen gibt es in O - a - sen,
Zu - cker, Salz, Ba - na - nen und Me - lo - nen.

tra - gen schwer be - la - den Sä - cke, Kis - ten.
für Ka - me - le grü - nes Gras zum Gra - sen.
Pfef - fer, Küm - mel, Gur - ken und Zi - tro - nen.

Son - ne brennt auf gel - ben Sand, heiß ist's im Ka - ra - wa - nen land.
Men - schen rei - chen dir die Hand, freund - lich im O - a - sen-land.
Hein - zi bleibst nicht lang al - lein, ich will bald wie - der bei dir sein.

Wer die Geschichte von Kara Meli und Heinzi vom Anfang bis zum Schluss gelesen hat, wird in Zukunft vielleicht auch manchmal DANKE sagen. Danke für ein Lied, das jemand singt. Danke für ein Bild, das jemand malt. Danke für ein Märchen, das jemand erzählt.
In jedem Fall werden die Dankenden das ornamentreiche Denken üben und dabei Freiheit spüren können.
Ich danke von ganzem Herzen allen, die zum Erscheinen dieses Buches beigetragen haben.

Gerlinde Allmayer

Gerlinde Allmayer

„Aus dem Tal"
Gedichte, Szenen, Erzählungen in Schriftsprache und im Pinzgauer Dialekt

€ 15,80

ISBN 978-3-9501623-1-8

Gerlinde Allmayer

„Himmel über der Nase"
Eine spannende Geschichte über ein neugieriges Murmeltier, mit wunderbaren Bildern und einem Manggei-Lied. Für alle, die gerne selber lesen. Und für die Glücklichen, denen jemand vorliest.

€ 13,90

ISBN 978-3-9501623-2-5

Zu bestellen auf **www.gerlinde-allmayer.at** (mit pers. Widmung) oder i**m Buchhandel**.